Dire au revoir

Gaëtan Roussel

Dire au revoir

nouvelles

Flammarion

ISBN : 978-2-0814-0886-9

« There is a crack in everything
That's how the light gets in. »

Leonard COHEN, « Anthem »

1

À l'endroit

En arrivant, je lui ai dit bonjour. La meilleure façon de commencer à lui dire au revoir. Comment lui dire au revoir ? Je ne l'aime pas. Je l'aime ? Je ne la connais pas. Je la connais ? Je ne la vois pas. Je la vois ? Aujourd'hui, maman n'est pas encore morte. Mais aujourd'hui maman est tombée. Maman a dégringolé les escaliers. Elle est arrivée aux urgences, en urgence, quelques heures plus tôt. Nous attendons. La patience s'apprivoise avec le temps. Enveloppée dans une blouse blanche, très classique, une infirmière s'est avancée vers nous.

— Que vous est-il arrivé ?

— J'ai glissé sur l'avant-dernière marche. Foutues godasses.

— Où avez-vous mal ?
— Partout. Depuis toujours.
Maman a toujours eu les os fragiles.
Maman a passé un scanner. Maman s'est cassé deux côtes. Mais le reste des os a révélé bien plus qu'une cassure. Bien plus qu'une fêlure. Maman est malade. Maman a été inscrite sur la grande liste. C'est maintenant Paul !
Paul c'est moi.

Non pas ce short. Non pas maintenant… Non.

C'est d'abord par des non que l'absence s'est glissée entre nous. Je croyais à cette époque que le non à répétition était réservé aux enfants. Utile à la construction de son être. Maman s'est construite tout au long de sa vie, je pense.

Rien ne se passait comme prévu. Laisser de la place à l'imprévu est une belle idée, si l'imprévu prévoit de vous laisser une place dans la boucle. La boucle ? Je ne suis pas sûr d'avoir jamais essayé d'en faire partie. Très tôt, j'ai décidé de compter sur moi plutôt que sur notre relation. Dire au revoir aujourd'hui ? La question n'est pas : dois-je lui dire au revoir ? La question est : comment ? Comment la serrer dans mes bras ? Comment l'accompagner sur ce dernier bout de route, moi qui n'ai jamais vraiment partagé le moindre parcours avec elle ? Comment ? Il faut se souvenir de l'amour. Mais le vide a fait son nid. Alors je dois commencer à inventer. Notre relation n'est pas pleine, alors il faut qu'elle soit entière.

Non pas tout de suite. Non, je ne serai pas là. Non.

J'ai commencé par le téléphone. Quelques SMS, photos des enfants.

Non.

Le lendemain, en arrivant dans la chambre, je lui ai dit bonjour. La meilleure façon de commencer à lui dire au revoir. Il y avait, posé sur le bloc beige faisant office de table de nuit, un cadre.

Il est indispensable d'avoir un cadre pour avancer dans la vie. Être libre, et ? Mais ? Dans un cadre. Ah, foutu cadre. Je l'avais cherché partout. Il était là, sur la table de nuit. Rouge. Il était rouge, ce cadre. Voyant, donc. Pourquoi ne l'avais-je pas vu plus tôt ? Tout aurait été différent. À commencer par ma vie.

Non, il est trop tard. Beaucoup trop tard.

J'ai fait face à maman. J'ai pris place afin de créer un alignement. Puis j'ai tourné, lentement. À la vitesse d'un enfant. À quelle vitesse tourne un enfant ? À la vitesse d'un hurlement ? D'un sifflement ? J'ai tourné à la vitesse d'un simplement.

Mes yeux, eux, bougeaient à l'allure d'un scintillement. Maman-le cadre-maman-le cadre…

Maman a choisi ce moment pour ouvrir un œil. C'est le moment que les miens ont choisi pour se fermer. Une collision. Il venait d'y avoir ce que j'avais vu dans le cadre combiné à ce que je ne ressentais pas. Il y avait maintenant ce que je ne voyais pas combiné à ce que je ressentais. Est-ce que l'on choisit de fermer les yeux dans ces moments-là ? Où est-ce que nos yeux choisissent eux-mêmes de se clore ? Dans ce monde où tout finit, où tout semble si petit, nous choisissons l'infini.

Mes yeux ont daigné se rouvrir. Maman souriait. Il lui était impossible de parler. Il m'était impossible de parler. Un buvard. Voilà ce j'étais en train de devenir. Pas un miroir, un buvard. J'ai finalement réussi à bafouiller un « bonjour maman, ça va ? » peu convaincant. C'est elle qui, alors, brièvement, a fermé ses yeux. Les miens étaient ouverts, tout grands. Mes lèvres ont esquissé un sourire, mes mains un frottement et mes pieds deux pas de côté puis trois pas en avant.

Je venais de briser l'alignement. Je me trouvais géographiquement au chevet de maman. Tout près du cadre, juste devant.

Maman-le cadre-maman-le cadre.

Maman a alors pointé de la tête le cadre. Une nouvelle fois, ses yeux se sont, le temps d'une toute petite seconde, fermés. Les miens, une fois de plus, étaient grands ouverts. J'ai donc légèrement déplacé le cadre afin de voir l'intérieur. Il était plein d'une photo de moi. Jeune. Enfant même. Les cheveux bouclés, roux. Rouge et roux, c'était un assemblage qui fonctionnait à merveille, me suis-je dit. Je n'ai pas reconnu la photo tout de suite. Une photo nette, hivernale. Je suis dans le cadre, sous ma capuche. Derrière, un peu de neige. Devant, sans doute mon père amateur à cette époque de super-8 et de Polaroïd. Sur ces deux supports, le moment se fige puis s'en va. On ne le retouche pas.
Je pense avoir sept ans. Je ne m'en souviens pas. Je n'arrive pas à me souvenir. Je cherche. Je ne trouve pas. Je me regarde. Pourquoi n'ai-je aucun souvenir de ce moment ? La montagne, la capuche,

la neige, maman, papa. Maman me sort de ma contre-allée par un petit signe de la main.
Mais quelque chose clochait. Et dans l'œil de maman et dans le cadre. Il était posé à l'envers. Maman m'a de nouveau fait un geste de la tête. Une rotation, les yeux fermés. Elle voulait que je le remette à l'endroit…

Le cadre était-il à l'envers ou étais-je moi-même à l'envers dans le cadre ? Qui avait choisi ce cadre ? D'où il sortait ? Et ROUGE le cadre. Je ne connaissais pas de cadre. Cadre, cadre, cadre, cadre… Voilà que ce mot prenait maintenant toute la place. Maman a de nouveau opéré une rotation de la tête assortie du même mouvement de paupières que la première fois. Vers le bas, stop une seconde, vers le haut.

J'ai tendu la main vers le cadre. Je ne l'ai pas retourné. Je l'ai ouvert, inversé le haut et le bas de la photo et je l'ai reposé sur le chevet. À ce moment précis, en reposant le cadre, j'ai regardé maman. Et à ce moment précis, maman et moi avons fermé les yeux ensemble.

À mon départ, elle m'a dit au revoir en baissant les paupières. Plus tard dans la semaine, à son départ, j'ai su lui dire au revoir en gardant les yeux ouverts.

2

Zéro cachemire, une rencontre

Un avion, deux avions, trois avions… combien ai-je pris d'avions ? Pour combien de villes ? Un tarmacadam, deux tarmacadams, trois tarmacadams… combien de douanes ? De cartes d'embarquement ?

Linda jouait du violoncelle. Linda aimait Chopin. Je ne savais pas que Linda jouait du violoncelle ni qu'elle aimait Chopin. Tout voyage est une rencontre. Toute rencontre est-elle un voyage ? La distance peut rapprocher. Ne pas parler la même langue permet ce doux glissement. On ne se comprend pas. Alors on cherche. Les mains. Les yeux. Le rire. Le bruit. Le silence. Et Chopin.

Je suis en voyage d'affaires. L'hôtel est sans intérêt. Propre. Trop grand. Le service d'étage accepte de laver pour moi quelques affaires en formule express. Un pantalon. Deux pantalons. Un caleçon. Deux caleçons. Trois caleçons. Une chemise. Deux chemises. Et mon joli pull en cachemire.

Je sors.

Le bar de nuit avait décidé de parler plus fort que l'ensemble des personnes présentes ce soir-là. Blur. Oasis. Oasis. Blur. Linda et moi allions nous resservir au bar à la même fréquence. Un rythme commun. J'aime boire. J'aime boire beaucoup. J'aime beaucoup boire.

Il est assez aisé de proposer à l'autre de fuir les lieux. Les mains sont très utiles, le geste universel. Nous sommes tombés d'accord pour accentuer notre rapprochement. Nous nous sommes mis d'accord pour précipiter le mouvement. Dehors. (« D'horreur », écrit ma tablette qui voudrait raconter sa propre histoire.) Dehors. Linda et moi. Dehors.

Rosario est une ville agréable. Linda vit à Rosario. Depuis sa main ouverte, paume vers le bas, se baissant vers ses pieds jusqu'à sa tête. Cela fait environ un mètre soixante que Linda vit à Rosario. Depuis toujours.

À mon tour. Je suis à Rosario depuis hier. Facile. Je repars demain. Facile. Linda m'a proposé de marcher. Un coin de rue. Deux coins de rue. Trois coins de rue. Pause.

Linda joue du violoncelle. Depuis sa main ouverte, paume vers le bas, se baissant vers ses pieds jusqu'à sa tête. Cela fait environ un mètre soixante que Linda joue du violoncelle. Depuis toujours.

Je suis dans les affaires depuis ma main ouverte, paume vers le bas, au niveau du cou jusqu'au sommet de ma tête. J'y suis jusqu'au cou. Je vends des éoliennes. Du vent. Du bruit. Mimer une éolienne est dangereux. Tout d'abord, danger physique pour toute personne se situant à moins de soixante centimètres de vous. Ensuite, danger de ridicule pour la personne qui tente la démonstration.

Un clic. Deux clics. Trois clics. Et apparaît sur mon smartphone un champ d'éoliennes. Linda comprend au premier coup d'œil. Linda joue du violoncelle et moi je vends des éoliennes. Des cordes et du vent.

Nous ne nous en sortons pas si mal Linda et moi. Linda est mélancolique, depuis sa main ouverte, paume vers le bas, se baissant vers ses pieds jusqu'au sommet de sa tête. Linda est un mètre soixante de mélancolie. Depuis toujours. Pour toujours. À nous deux, nous sommes trois mètres quarante et un de mélancolie.

J'aime la manière que Linda a de tenir sa tête bien droite quand elle parle. J'aime la manière dont elle penche sa tête quand elle ne dit rien. Elle me touche. Son pull à col roulé rayé bleu et blanc la protège quand elle ne dit rien et la soutient quand elle parle. Il permet à son cou une totale liberté de mouvement. Délicat. Souple. Attirant. Et puis son rouge à lèvres. Rouge. Vif. Je suis sûr qu'il est tout neuf. Elle me touche. Comment est ma tête à moi quand je parle ? Et quand je ne dis rien, est-ce que ma tête touche quelqu'un ?

Ma fille demande souvent à son frère : « Laisse-moi te taper, j'ai jamais le temps de te taper. » Elle souhaite l'attraper. Moi je me dis souvent qu'on ne « retape » jamais le temps…

Un verre. Deux verres. Trois verres. Il est tard. Pas très tard. Pas de cigarettes. Nous sortons. Linda propose de me raccompagner. J'en suis heureux. Marcher. En silence. Linda travaille tôt ce matin. Mon départ est programmé à 10 heures. L'hôtel. Sans se concerter, sans même se regarder, moi et Linda (c'est dans cet ordre de marche que nous rentrons) nous retrouvons dans le hall de l'hôtel. Dans l'ascenseur. Un étage. Deux étages. Trois étages. Quatre étages. Cinq étages. Six étages. Pas un mot. Linda penche la tête. Moi je cherche *un sens* à ma tête. Je cherche son reflet dans le miroir. Ridicule. Ridicule car ma tête se penche pour se trouver elle-même.

Dans la chambre, mes vêtements sont de retour. Avec un petit mot.

Linda pose sa veste dans un coin de la pièce. Elle s'allonge. Je ne pose pas ma veste mais je m'allonge, tout près.

Il est toujours délicat de choisir une ambiance musicale. Pour moi en tout cas. J'ai foncé. Chopin.

Linda a relevé soudainement la tête. Du phosphore dans les yeux. Linda me dit avec les mains que c'est un très bon choix. Ses yeux me disent que ce choix est parfait. Linda écoute Chopin depuis sa main ouverte, paume vers le bas, se baissant vers ses pieds jusqu'au sommet de sa tête. Cela fait environ un mètre soixante que Linda écoute Chopin. Depuis toujours. Pour toujours.

Les deux heures qui suivent sont douces. Douces depuis sa main ouverte, paume vers le bas, se baissant vers ses pieds jusqu'au sommet de sa tête. Cela fait environ un mètre soixante de douceur. Douces depuis ma main ouverte, paume vers le bas, se baissant vers mes pieds jusqu'au sommet de ma tête. Cela fait environ un mètre quatre-vingt-un de douceur. Soit en tout trois mètres quarante et un de douceur. Nous ne quittâmes jamais nos vêtements. Nos peaux ne se parlèrent pas. Et pourtant.

Linda est repartie au petit matin. Ses lèvres ont déposé un baiser sur les miennes. Sur un petit bout de papier, Linda a griffonné son adresse mail. linda.passarella@gmail.com. Puis elle a disparu.

Je n'ai pas cherché à reprendre mes esprits. Je n'ai pas cherché à revenir en arrière. J'ai reconstruit ma valise afin de me remettre en marche. Le petit mot posé sur mes vêtements semblait s'excuser. Du retard probablement.

Une douche plus tard, j'ai voulu mettre mon beau pull cachemire. Ou tout du moins ce qu'il en restait. Taille enfant était devenu mon joli cachemire. Express et cachemire ne font pas bon ménage.

J'ai enfilé ma veste. Refermé ma valise.

Nous nous étions tout juste dit bonjour. Nous nous étions à peine dit au revoir. Et pourtant, nous nous connaissons. Depuis toujours.

Je n'ai pas pris mon pull. Je n'ai pas non plus glissé dans ma poche le petit mot griffonné par Linda. J'ai dit au revoir à cette chambre depuis ma main ouverte, paume vers le bas, se baissant vers mes pieds jusqu'au sommet de ma tête. Cela fait environ un mètre quatre-vingt-un d'au revoir. Depuis toujours. Pour toujours.

3

Dans toutes les langues

Je voulais glisser un peu de mystère dans mes phrases, mon discours. Mon départ à la retraite. Mon départ. Ma retraite. Mon point de départ. J'allais leur dire au revoir. La télévision tourne en boucle à la maison. Les télévisions tournent en boucle à la maison. Une, grande, dans le salon. Une, petite, dans la cuisine. La cuisine est américaine. Ouverte donc. La télé du salon et le poste de la cuisine doivent être réglés sur la même chaîne. Sinon, conflit. Il ne peut pas y avoir conflit à l'intérieur du poste et à l'extérieur du poste. C'est trop. L'apaisement est donc de mise entre les deux récepteurs, à l'extérieur des téléviseurs, à l'intérieur de la maison. Je ne perds ainsi aucune miette du programme choisi. Le journal télévisé arrive en tête du classement de mon top deux. En bon dernier, une chaîne documentaire. C'est elle qui s'agite dans le téléviseur ce soir. Elle nous conte l'histoire des mandarins. « Les mandarins étaient les grands commis et fonctionnaires de l'ancien Empire chinois, qui devaient passer de nombreux concours pour accéder aux charges civiles et militaires. » Je me demande si la voix off n'est en train de nous lire une fiche Wikipédia.

Comment dit-on au revoir en chinois-mandarin ? En islandais ? En anglais je sais. Mais en bengali ? En hongrois.

En mandarin, « zài ».
« Zài zài zài zài
zài zài zài zài
Elle m'a dit d'aller siffler là-haut sur la colline. »

J'adore cette chanson. Est-ce cela que nous chante le personnage incarné par

Joe Dassin dans cette chanson *Siffler sur la colline* ? J'imagine maintenant une magnifique colline à Guilin. La colline trompe d'éléphant par exemple. Et Joe Dassin, comme déposé dessus avec sa guitare et ses « zài zài zài zài ». Je vais le glisser dans une de mes phrases, mon discours. Mon départ à la retraite. Mon départ. Ma retraite. Mon point de départ. J'allais leur dire au revoir.

En bambara, on dit « an'kié ». An'kié. Inquiet. Troublant. La retraite m'inquiète ? Le vide. L'après. Je n'arrive pas à répondre à cette question. Je vais glisser un peu de mystère dans mes phrases, mon discours. Mon départ à la retraite. Mon départ. Ma retraite. Mon point de départ. J'allais leur dire au revoir.

En hongrois, c'est « viszontlátásra ». Oui, visons l'horizon. En Islande ils disent « bless ». Vu de notre petite fenêtre, toute petite fenêtre, on pourrait avoir l'impression que le mot n'est pas terminé, qu'il manque un petit bout de lui à la fin.

Comme si l'on n'osait pas le finir. Comme si nous n'osions pas le dire.

En turc, il y a dire au revoir à quelqu'un qui reste quand on part, « hoşça kalin », et dire au revoir à quelqu'un qui part quand on reste, « güle güle ». Elle est belle, cette idée. C'est vrai, c'est assez différent comme sentiment, comme mouvement. Moi je vais leur dire kalin ? Cela m'angoisse.

J'ai parcouru tous ces « au revoir » une grande partie de la nuit. Et je me suis couché en m'apercevant qu'en français, dans « au revoir », il y a « revoir ». Je me suis endormi effrayé à l'idée de devoir tous les revoir.

4

Le cimetière

Il fallait tous les déplacer. Tous.

Le cimetière prenait l'eau. Ou l'eau prenait le cimetière. La famille Durand, la famille Fériaux, la famille Douchez et la famille Mayeux, ma famille. Quatre familles, sur quatre générations, prenaient l'eau.

Il fallait tous les déplacer. Tous.

L'eau risquait d'endommager les cercueils. J'ai dix ans et papa me demande de participer à ce grand déménagement. Nous sommes chargés des cercueils du caveau de notre famille. Sept résidents.

Ernest, mon grand-père,

Henriette, mon arrière-grand-mère,
Fernand, mon arrière-grand-père,
Colette, mon arrière-arrière-grand-mère,
Alphonse, mon arrière-arrière-grand-père,
Léonie, mon arrière-arrière-arrière-grand-mère,
Andrea, mon arrière-arrière-arrière-grand-père.

Moi, le cimetière, je le connais bien. Il est à l'entrée du village. À gauche en arrivant, à droite en repartant. Il est tout en largeur. Une fois la grille passée, on peut avoir l'impression d'être face à une rangée de tombes. Tout le monde à flanc de falaise. Tout le monde en front de mer. Tout le monde avec vue sur la mer. Au sol, un peu de gravier gris. Chaque petit gravier est unique, comme chaque résident du lieu.
Mes camarades et moi nous y allons tous les soirs d'été que nous proposent les vacances. Pour avoir peur. Nous regardons des films qui font peur, des films d'horreur, et nous y allons. Pas un mot ne doit être

prononcé. Pas une lumière ne doit scintiller. Le premier qui déroge à cette règle a perdu. J'ai crié une fois. Toutes les autres fois, j'ai perdu et allumé ma torche. Autant vous dire que je ne suis pas le phénix des hôtes de ce bois.

Nous sommes en 1972. Il est tard. J'ai sommeil. Demain je serai différent.

Au petit matin du grand jour, papa vient me réveiller. Très tôt. Ce n'est pas l'été. Il ne fera pas sombre. Aurons-nous le droit de crier ? Le petit déjeuner se fait en famille, dans la cuisine. Ma grand-mère, qui réside encore chez les vivants, sert le café. Papa boit le café. Moi je bois du Benco. Ma grand-mère collectionne tous les pots de Benco vides. Ils trônent, telle une frise romaine, tout autour de la cuisine. Mamie vit seule. Son mari au cimetière. Mamie s'était faite à l'idée de rejoindre son mari au fond à gauche de la deuxième allée de gauche. Mais papi déménage.

Ce matin-là, mamie nous raconte le jour de l'enterrement de son père, mon arrière-grand-père. Elle nous raconte les au revoir. Fernand adorait les roses blanches. Alors tout le monde avait lancé une rose blanche. C'est mamie qui les avait achetées. Un enterrement en noir et blanc. Elle nous rappelle aussi le jour où nous avons dit au revoir à grand-père, son mari. Il est parti tout jeune. Soixante-deux ans à peine. Tout juste le temps de me montrer comment attraper les pigeons dans le pigeonnier au fond du jardin qu'il a fallu l'enterrer à l'entrée du cimetière. Et voilà qu'il faut aller le réveiller. Il faudra lui dire bonjour. Sans qu'il puisse nous répondre… Et il faudra lui dire de nouveau au revoir. Sans le voir. À nouveau pour elle, à nouveau pour papa. Nouveau pour moi. Dois-je le voir comme une chance ? Une chance ? Je ne sais pas vraiment pourquoi cette idée me vient. Peut-être pour passer un peu de temps avec lui. Ou peut être que ce sentiment ne concerne que moi. Pas d'expérience en la matière. Pas

de matière pour parler de cette expérience. Quand cette idée me traverse l'esprit, elle me gêne. Je n'ose pas en parler.
J'ose pourtant parler de tout avec Papa. Papa aime discuter. J'aime discuter. Alors papa et moi nous discutons. Football. Cyclisme. Lecture. Cette année, papa a encore râlé contre Poulidor. « Il est incapable de prendre sur lui. In-ca-pa-ble !!! Alors il suit, il suit. Et l'autre gagne. »
Un éternel amour à un éternel deuxième. Papa est attendri. Mais papa est contrarié.

Papa aime le cadre. Maman a le cadrage fragile, le « dommage » facile. Mais papa aime que l'on se déplace dans ce cadre. Je crois que maman s'éloigne. Les grands s'éloignent en silence, peu dans le bruit. L'amour est-il comme une pièce ? À partir du moment où l'on ne s'installe pas au même endroit, la perspective change.

Qu'avons-nous en nous de notre histoire ? Qu'avons-nous en nous de notre préhistoire ? « On dirait son grand-père. » « Il parle comme tante Anna. » Ma grand-mère nous a donné une photo de chacun des membres de la famille que nous allons rencontrer aujourd'hui. Je ressemble à maman. Papa ressemble à Ernest. Ernest ressemble à Henriette. Henriette ressemble à Colette. Colette ressemble à Andrea. Et je ressemble aussi un peu à Andrea. Vrai.

Nous retrouvons deux de mes oncles et un de mes cousins devant le cimetière. Comme nous, pour une raison similaire à la nôtre, d'autres familles se retrouvent devant le cimetière. Chacun de nous salue chacun de nous. Nous ne sommes pas proches. Juste de la même famille. Est-ce que cela rapproche ? Peut-être. Peut-être pas. Ce matin, nous sommes proches. Très proches. Tout proches. Très tout, rien de plus quand sonnent les cloches. Luc, mon cousin, et moi connaissons bien le cimetière. Luc participe aux promenades nocturnes durant les vacances. Il ne crie jamais. N'allume jamais sa torche. Luc n'a pas peur dans le noir. Mais ce matin, Luc semble inquiet. Au grand jour, le cimetière crépite. Il bout. Luc tremble et m'apparaît comme tout petit. Luc ressemble à ce moment précis à Scott Carey, le grand héros du film *L'Homme qui rétrécit*. J'aime beaucoup ce film. Nous l'avons regardé cet été. Scott Carey perd du poids. Scott Carey perd en taille. Scott Carey perd sa femme. Scott Carey perd et nous perdons Scott Carey. À la fin du film, Scott Carey part à la rencontre de l'infiniment petit. Où est Scott ? Est-il encore en vie ? Le film ne nous le dit pas. Mais où se trouvent donc toutes les réponses ?

Nous avons pénétré dans le cimetière peu avant 8 heures. Si le vent saisit nos visages et nos peaux, le moment glace nos adages, ces déplacements au rythme si lent, et nos os.

Ernest était sans doute grand, très grand.
Andrea aimait peut-être les livres.
Henriette en pinçait peut-être pour le facteur.
Fernand avait sans doute toutes ses dents.

Colette mangeait peut-être trop de viande. Léonie sans doute aussi.

Si depuis longtemps chaque nuit enveloppe nos ancêtres, aujourd'hui nous propose de les couvrir de sans doute, de peut-être. Ce n'est pas un mouvement naturel.

Voilà la manière dont papa a décidé d'aborder les premières minutes de ce déménagement si singulier. Papa ouvre la marche et dit n'importe quoi. Papa ouvre la bouche mais cela ne marche pas. Ou du moins pas dans un premier temps. Ses petites phrases lancées au hasard ne croisent d'abord que le vide. Personne n'écoute à part moi. Il lance des : « Le prochain qui m'appelle pour déménager risque fort d'être déçu par ma réponse », ou encore : « Je mets cinquante ans à faire dix mètres, qui suis-je ? ». Ce n'est pas rare que papa aborde les situations délicates par l'humour. C'est son armure à lui. Qu'il souhaite la plupart du temps me faire partager. M'en faire profiter. Papa me protège.

Papa est mon armure. Aujourd'hui plus que jamais.

Les petites phrases de papa commencent à faire leur effet. Elles contiennent un peu moins de vide, un peu plus de notre histoire. Par quel bout commencer ? Tout le monde semble se le demander. Papa prend les commandes. Papa commande. Ainsi se met en place le déplacement. Les cordes nous aident à sortir les cercueils. Puis les cordes sont abandonnées et les mains prennent le relais. Deux mains par angles de cercueils. Le cimetière ressemble à une ville. Le rythme s'organise, les priorités se mettent en place. Le cimetière est en vie. Il bouge. Fourmille. Les allées et venues s'installent. Vus du ciel, nous devons ressembler à de tout petits points qui déplacent de tout petits traits. Quatre points pour un trait.

Mais qui nous regarde ?

Ma grand-mère me dit toujours que grand-père nous voit de là-haut. Mais grand-père est en bas. Il est juste là. Nous le déplaçons, de quelques mètres. Se voir d'en haut – être déplacé en bas. Dire, en bas, au revoir à quelqu'un qui vous observe d'en haut. Grand-mère, ça cloche. Par quel bout prendre ces au revoir ? Par le haut ? Par le bas ? Et tout le monde qui s'affaire, de droite à gauche et de gauche à droite. C'est par où les au revoir ?

Toute la journée, je n'ai pas arrêté de regarder les cercueils, les caveaux. Et dans le même temps, je n'ai cessé de regarder le ciel. De marcher, porter, poser, marcher, porter, tourner à gauche, passer à droite, monter, descendre, soulever… je n'ai cessé de la journée.

Il fallait tous les déplacer. Tous.

Ce moment ne me quittera jamais. Ce moment m'élève encore.

J'ai dit au revoir debout, par tous les bouts.

5

Des bouquets sans fleurs

Tu avais ton âge. Mais tu ne t'en rappelais plus. Tu te rappelais pourtant de tout. Mais à la fin, de plus rien du tout. Plus un bonjour. Plus un regard. Parfois pas un mot. Toi si bavard, mon mari, mon héros, voilà que la mémoire, la parole te faisaient défaut.

Je suis une personne « normale ». Je ne présente aucun trouble de la mémoire. Je suis sain. C'est tout du moins mon apparence extérieure. Je connais le nom de chaque fleur du jardin.

Tu habitais avec moi, mais tu ne t'en rappelais plus. Toi qui l'avais tant voulu, voilà que tu ne le voyais plus.

Je suis une personne « normale » mais j'oublie parfois quelques mots de la vie courante. Comme j'oublie parfois où sont rangées les choses de la vie quotidienne, j'oublie où sont rangés les mots dans ma tête. Je connais le nom de chaque fleur du jardin.

Tu étais fleuriste. Tu préparais des bouquets. Des longs. Des ronds. Tu vendais les fleurs du jardin. Tu les plantais, elles poussaient, tu les commercialisais.

Je suis une personne « normale » qui commence à se faire remarquer par ses collègues ou les membres de sa famille. Je ne trouve plus le bon mot, je n'ai plus le bon geste. Mes bouquets me prennent plus de temps. La longueur des tiges est approximative. J'oublie la commande une seconde après l'avoir prise. Certains trouvent cela rigolo, d'autres s'irritent et contestent. Je n'arrive plus à m'organiser. Mon planning m'échappe, mes journées m'échappent. Je connais le nom de chaque fleur du jardin même si parfois leur nom ne me revient qu'au bout de quelques secondes.

Tu partais faire les courses au marché très tôt le matin. Tu aimais avoir le plus grand choix. Tout était clair dans ta tête. Tu revenais très vite, très chargé. Puis tu es revenu moins vite. Puis tu es revenu moins vite et moins chargé. Puis un jour tu es revenu sans rien. Un autre jour, tu es revenu l'après-midi avec les mêmes choses que le matin. Le lendemain tu n'as plus retrouvé ton chemin.

Je suis une personne « normale » qui ne se rappelle plus d'hier. Aujourd'hui prend toute la place. Je me demande d'où je viens, qui je suis. Je me demande où je suis, qui je deviens. Je m'énerve vite. Je pars faire les courses mais je n'achète rien. Je note tout mais ne contrôle plus rien. J'ai pris chaque fleur du jardin en photo. Je les ai accrochées au-dessus de mon établi. En dessous de chacune d'elles, j'ai noté leur prénom. Je ne connais presque plus le nom des fleurs du jardin.

Tes bouquets ne ressemblaient plus à des bouquets. Tu assemblais les fleurs au hasard. L'association des couleurs formait des drapeaux incongrus. Puis tu as commencé à faire des bouquets sans fleurs. Des bouquets d'une magnifique odeur. Des bouquets de feuilles d'eucalyptus très odorantes. Une fois dans le jardin, tu ne retrouvais plus la boutique. Une fois dans la boutique, tu ne retrouvais plus le jardin.

Je suis une personne « normale » qui décide de mettre un bonnet en été. Je porte parfois mon pyjama par-dessus mes vêtements. Ma chaussure droite roule à gauche et ma chaussure gauche roule à droite. J'inverse les moments, je renverse les choses. Je renverse les moments, j'inverse les choses. Je ne me souviens plus du prénom de ma fille. Mais je me souviens du jour de sa naissance. Je ne me souviens plus de mon adresse ni du nom du lycée que j'ai fréquenté. Mais je me souviens du jour de mon mariage. Je ne connais plus le nom des fleurs dans le jardin.

Tu ne travaillais plus. Tu voulais travailler mais tu ne pouvais plus. Tu errais dans la rue, tu n'y marchais plus. Tu confondais la boutique et le jardin. Tu mélangeais tes répliques, tu mettais mon parfum. Tu doutais de tout. Tu ne doutais plus de rien. Tu savais tout. Tu ne savais plus rien. Tu luttais contre tout. Tu ne luttais plus contre rien. Tu bougeais. Tu ne bougeais plus.

Je suis une personne « normale » anormalement entourée. Les visages se succèdent. La mémoire est la matière la plus friable qu'il soit. Elle nous enchante, nous séduit, se réduit puis s'absente. Je ne me souviens de rien. Plus personne ne me dit au revoir, tout le monde me dit à tout de suite. J'aimerais avoir un jardin. Un jardin rempli de fleurs.

Tu disais des mots à la place des autres. Tu disais aux autres qu'il fallait changer l'eau. Tu disais « pourquoi » sans même dire un mot. Tu disais n'importe quoi juste du regard. Tu ne disais plus bonjour, tu disais au revoir.

Dire au revoir

Je ne suis plus personne, ce n'est pas normal. Je me souviens que je faisais des bouquets de fleurs. Je me souviens que je faisais des bouquets sans fleurs.
Je me souviens de leur odeur. Mais elles venaient d'où, ces fleurs ?

6

Résister

Cela faisait deux ans qu'il attendait. Cela faisait deux ans qu'elle aussi attendait. Et cela faisait également deux ans qu'ils s'attendaient. Elle, Clémentine. Il, Guillaume.
Il y a vingt ans mais tout de suite. Rester toujours, prendre la fuite. Ne pas savoir, répondre ensuite. Partir sans jamais prendre la fuite.

Hier, une ministre a démissionné du gouvernement. Sans surprise, mais avec panache. Madame la ministre a glissé une très belle phrase dans son discours de départ : « Parfois résister c'est rester, parfois résister c'est partir. »

Cette phrase trottait depuis dans la tête de Guillaume. Rester. Partir.
Guillaume a donc cru quelques secondes que la ministre s'adressait à lui. Ce sont toujours des moments singuliers, ces moments-là. Vous me parlez ? À moi ? Vous ? Mais tout le monde entend. Soyez plus discret. Et je vous interdis d'étaler ma vie aux oreilles du premier venu ou du dernier arrivé.
Il faut une haute dose d'égocentrisme pour arriver à ce genre de conclusion. Elle me parle, à moi. Elle parle de moi. Mais il faut également des antennes. Capter. Se transformer en récepteur.

Guillaume travaille. Normal.
Guillaume doute. Moral.
Guillaume s'essouffle. Vital.

Non.

Guillaume travaille. Vital.
Guillaume doute. Moral.
Guillaume s'essouffle. Normal.

Ou

Guillaume travaille. Moral.
Guillaume doute. Vital.
Guillaume s'essouffle. Normal.

Clémentine travaille. Normal.
Clémentine doute. Signal.
Clémentine s'essouffle. Vital.

Ou

Clémentine travaille. Vital.
Clémentine doute. Normal.
Clémentine s'essouffle. Signal.

Clémentine et Guillaume travaillent. Normal.
Clémentine et Guillaume doutent. Moral.
Clémentine et Guillaume s'essoufflent. Vital.

Ou

Clémentine et Guillaume travaillent. Vital.
Clémentine et Guillaume doutent. Normal.
Clémentine et Guillaume s'essoufflent. Signal.

Clémentine et Guillaume savent qu'il est l'heure de dire au revoir. De se dire au revoir ? Non. De dire au revoir. Mais c'est dur. Long, douloureux. Est-ce tout ce qu'ils ne souhaitaient pas vivre ? Est-ce tout ce qu'il leur permettra de vivre ?

Résister, à la fois l'essence et la quête.

La mer finit toujours par rejeter ce qui n'a pas sa place en son ventre. La mer ondule, change de couleur, se cache un peu et puis nous offre sa fortune. La mer nous aime, nous observe et nous déteste. Les océans sont nombreux, aux quatre coins du monde, à se moquer de nous, de nos états d'âme silencieux. Je ferai le tour du monde. Deux fois. Une fois pour ne tendre que vers toi, une fois pour être sûr que ce n'était pas vers moi.

Guillaume fume. Métaphoriquement. Il s'énerve, s'emporte, se consume. Il pense à tout. Il n'oublie rien. Il ne pense à rien. Il oublie tout. Guillaume s'écoute et se contient. Un paradoxe, un être humain. Clémentine l'écoute. Le détient. Elle s'énerve, s'emporte, se contient. Clémentine, déroute lui irait bien.

Résister

Guillaume rien à foutre. Guillaume tout en douceur. Clémentine s'en doute mais ne dit rien. Guillaume d'abord. Guillaume, ah bon ? Clémentine oui. Clémentine non. Guillaume marmonne. Clémentine tard. Clémentine tôt. Guillaume part. Guillaume s'absente. Clémentine s'abîme.

Clémentine ne veut plus de Guillaume. Guillaume ne veut plus de Clémentine. Mais Guillaume ne veut pas de quelqu'un d'autre pour Guillaume. Et Clémentine ne veut pas de quelqu'un d'autre pour Clémentine. Clémentine ne veut pas non plus de quelqu'un d'autre pour Guillaume. Et Guillaume ne veut pas non plus de quelqu'un d'autre pour Clémentine.

Clémentine et Guillaume n'arrivent pas à se dire au revoir.

7

Il leur avait fallu quitter leur pays

Il leur avait fallu quitter leur pays. Il leur avait fallu changer de prénoms. Changer de ciel, changer d'horizon. Préserver l'intérieur et changer de fond. Muer d'étoiles et muer de son. Transformer la douleur en éducation. Il leur avait tant fallu. Il leur fallait encore. Et encore. Et il leur faudrait de nouveau. Il leur faudrait toujours. Toujours s'accorder, s'inclure. Mes parents.

Je suis d'origine cambodgienne. Cam-bodgienne. Une consonance à la fois étrangère et familière pour moi. Français. Fran-çais. Une consonance à la fois familière et étrangère pour mes parents. Mes parents et moi, une alliance à la fois familière et étrangère.

J'ai souvent regardé sur la carte à combien de kilomètres j'étais d'où je ne suis pas. J'avais ma propre unité de calcul. Pouce et majeur collés. Le majeur s'éloigne au maximum du pouce. Une unité. Le pouce rejoint le majeur qui s'éloigne à nouveau. Deux unités. Ainsi de suite. J'avais onze ans la première fois que j'ai utilisé ce mode de calcul. Je me trouvais alors à exactement 9 unités et 2 doigts d'où je n'étais pas. En grandissant, la distance s'est réduite. Sur la carte. Je suis aujourd'hui à 7 unités d'où je ne suis pas. Je ne serai jamais plus proche. Parce que je suis immobile ? Parce que la carte ? Parce que grandir à ses limites ? Parce que vieillir n'a pas de suite ? Parce que si l'homme est trop grand il casse ? Les os cassent. Donc l'homme casse. Et quand la distance est trop grande, qu'est-ce qui casse ?

La distance n'a jamais disparu. Les distorsions oui.

Je voyage peu. Je sors beaucoup. Je voyage en m'enivrant. J'ai rencontré mon amoureux, Lucas, à l'âge de quatorze ans. Pas d'effet immédiat. Mais un coup de foudre, lent. Nous avons le même âge, trente-deux ans. Nous sommes ensemble depuis un an et demi. Sous le même toit depuis trois mois. Nous avons comme infusé notre amour. Et puis un jour, au lever du soleil, nous nous sommes réveillés l'un à côté de l'autre. Se réveiller. Comme si le reste n'avait été qu'absence, effort ou simulation. Je savais maintenant où j'allais. Et avec qui. Je ne savais pas vraiment d'où je venais. Je suis encore aujourd'hui à 7 unités d'où je ne suis pas.

Papa était le seul de sa famille à être parti. Pour être avec maman. Il avait vingt-quatre ans. Maman avait quatre ans de moins. Maman avait emmené avec elle sa famille.

Là-bas. Maman avait vécu, là-bas, la même chose que papa. Mais ici, maman et papa ne vivaient plus la même chose. « Ils ont voulu me tuer. Les miens ont voulu me tuer », disait maman. Maman hurlait doucement. Mais Maman murmurait bruyamment. « Là-bas c'était chez moi. Le chez-moi d'avant », disait ma mère. Le chez-moi d'avant quel moi ? Son moi adolescent ? « Je ne suis pas d'ici. Si je vais là-bas, je vais dire bonjour à mon ancien pays. À mon ancien moi ? Devrais-je aller là-bas pour rassurer l'enfant, l'adolescente que je fus ? » Maman agençait les questions de manière confuse. « Qui est je ? Qui est moi ? C'est où ici ? C'est où là-bas ? » Autant de questions en suspens. Autant de discussions que l'on survole mais qu'au fond nous n'avons pas vraiment. Parler plus résonnait avec protéger moins. Tel était le raisonnement intérieur de mes parents. Il fallait faire avec l'image mais sans le son. Il leur avait tant fallu. Il leur fallait encore et voilà qu'il me fallait aussi. Imaginer. S'imaginer. Dessiner dans ma tête. Déambuler. Spéculer. Alors on goûte à de petits bonheurs légers. On effleure. On s'invente.

Les enregistrements se faisaient sur cassettes BASF. Papa envoyait régulièrement des nouvelles. En cambodgien. Il figeait tout cela avec un petit radiocassette enregistreur. Un Hitachi. Cela veut dire lever de soleil en japonais. Les touches formaient un clavier blanc juste en dessous de l'emplacement de la cassette. Enfin, presque blanc. Blanc et rouge. Il y avait cinq touches blanches pour une touche rouge. Impossible de faire abstraction de cette touche. Le fabricant avait choisi la couleur rouge.

Pour enregistrer sur un radiocassette, il fallait à la fois appuyer sur la touche rouge mais aussi sur la touche lecture. Papa avait toujours la sensation d'être sous emprise. Et puis lire la bande magnétique tout en enregistrant dessus ? En même temps. Papa réécoutait toujours l'ensemble de ses monologues. Comme pour laisser de côté la touche enregistrement. Et vérifier que la cassette racontait bien son histoire et que le haut-parleur, situé lui au-dessus de l'emplacement de la cassette, recrachait bien au mot près ses dires. Et rien que ses mots. Il décrivait surtout… surtout

quoi d'ailleurs ? Je ne le sais pas vraiment en fait.
Je sais que jamais aucune BASF n'a fait le voyage retour. Jamais aucune nouvelle n'est parvenue à papa.

Le voyage au Cambodge s'est fait sans moi.

Je travaille dans la mode. Les tendances. L'air. Les matières. Le mouvement. Le mouvement des tendances. Le mouvement de l'air. Le mouvement des matières. La liberté de mouvement de l'air. La liberté de mouvement des matières.

La proposition majeure reste pour moi la liberté. La quête d'être soi. D'être avant tout soi. Alors je me dis qu'à ma manière je suis leur voie. Il y a certes l'incompréhension de mon travail. Une connexion fragile à mon quotidien. Je suis sans doute encore à quelques *unités* d'où je ne suis pas. Mais je suis à deux doigts d'être libre.

8

Moi aussi, toi aussi

Je vais rentrer tard. Bonne soirée.
Moi aussi. Toi aussi.
Je m'amuse. Tu me manques.
Moi aussi. Toi aussi.
Je ris, je pense à toi. Tu es mon île.
Moi aussi. Toi aussi.
Le temps ralentit. Le temps s'accélère. Le temps me le dit, tu es mon île, mon éphémère.
Moi aussi. Moi aussi. Toi aussi.
Je t'oublie. Tu as été trop loin.
Moi aussi. Toi aussi.
J'ai peur de tout. Tu le sais bien.
Moi aussi. Toi aussi.
Je suis crevé. Va te faire foutre.
Moi aussi. Toi aussi.

Je plaisante. Envie de te voir.
Moi aussi. Moi aussi.
Langue de bois. Un sport de combat.
Moi aussi. Toi aussi.
Notre fil ne tient pas debout.
Tout file.
On ne tient plus debout.
Petite forme. Tu es de mauvaise foi.
Moi aussi. Toi aussi.
Là ça va mieux. Te raconterai.
Moi aussi. Moi aussi.
J'ai peur de tout, tu le sais bien.
Moi aussi, toi aussi.
Je n'ai plus de batterie. Fais de beaux rêves.
Moi aussi. Toi aussi.
Je m'éloigne et toi tu ne réagis pas.
Moi aussi, toi aussi.
Je suis tombé. Je n'avance plus.
Moi aussi. Moi aussi.
Tu me dis au revoir. Tu reviens, tu repars.
Toi aussi. Toi aussi.
Je le dis. Toi aussi.
Moi aussi. Toi aussi.

Moi aussi, toi aussi

Notre fil ne tient pas debout.
Tout file.
On ne tient plus debout.
Notre histoire ne tient pas debout.
Tout file, on ne tient plus debout.
Notre histoire ne tient plus debout.

9

Ma Camille

14 h 01

Nous avons décollé il y a une heure. J'ai du mal à être sans toi, beaucoup de mal. Je ne connaissais pas ce sentiment de liberté. Je le vois comme cela car c'est une chance d'être avec une personne comme toi. Je le mesure chaque seconde. Quand nous sommes tout près l'un de l'autre, tout nus tous les deux ou tout habillés au milieu des autres.
Là, s'ajoute au fait que nous soyons l'un sans l'autre le fait que nous ne soyons pas sur le même sol. C'est bête tu trouves ? Fou amoureux ? C'est quoi ? C'est nous.
Il fait un froid terrible dans cet avion. Alors ils passent nous vendre des

couvertures. Un drôle de monde. Cela m'a valu une petite engueulade avec Olivier qui ne veut pas acheter de couverture mais qui nous laisse voyager avec cette compagnie… un drôle de monde.
Tu en penses quoi toi ?
Baisers.

14 h 09

J'ai faim. Et ce n'est pas la *business class* ici. Ni confort ni gastronomie. Je peux me glisser au pique-nique ce soir ? Si je descends maintenant, je rentre à la nage.
J'écoute le *live* de Nick Cave. Il chante comme mon dieu.
Tu fais quoi toi ?
Baisers d'au-dessus de l'Atlantique.

14 h 26

C'est notre chanson. C'est toi qui me parles. C'est aussi la Louisiane. C'est nous, la douceur et l'envie. C'est fou comme tout cela s'entrechoque.

Je n'arrive pas à regarder de film. Je regarde la carte. J'adore. Je passerais des heures à regarder un plan, une carte, j'imagine les mouvements.
C'est un peu loin dis donc le cap Nord. Nous allons passer au grand large de Reykjavik.
T'es où toi ?
Baisers forts.

14 h 43

Tu voudrais pas que nous allions au Groenland un jour ? Ce doit être beau. Froid. Mais magnifique je suis sûr. Après nous irons voir Lilliam. Oui ?
J'aimerais voir le Groenland.
Tu aimerais voir quoi toi ? (Avec moi hein.)
Baisers.

14 h 56

Encore cinq heures. Mais je ne vois pas le trajet passer. Je vole en ta compagnie, et le temps s'accélère, être en éco devient

comme être en première. Enfin manque le repas. Il faudrait que nous soyons ensemble en vrai.
T'as mangé quoi toi ?
Baisers d'envie d'être dans une de nos cuisines avec toi.

15 h 08

Il faut que l'on fasse l'amour dans un avion.
Tu aimerais faire l'amour où, toi ? (Avec moi hein, bis.)
Baisers d'envie.

15 h 19

Je ne regarde pas de film mais regarde un peu les films des autres. Des voisins. C'est marrant. Sur ma gauche l'acteur dont j'ai oublié le nom est seul sur Mars, Jason Bourne juste devant moi, ou encore bon père de famille en compagnie de dinosaures sur ma droite. Je suis perdu.
Les derniers week-ends aussi étaient déshabillants. Ils sont derrière nous. Il y en

aura bien sûr d'autres, mais ceux-là sont derrière nous.
Et dans ces moments-là, toujours l'un rattrape l'autre, jamais l'autre n'ignore l'un, toujours l'autre ramène l'un et jamais l'un ne souhaite faire sans l'autre. C'est important, le ciment. Nous avons de la chance oui, comme tu nous le dis souvent. Et nous allons être très forts après tout cela, je me dis, moi.
Tu te dis quoi toi ?
Baisers mon amour. Le ciel est tout bleu tout autour de l'avion, c'est un signe.

15 h 38

Matt Damon.
Tu avais trouvé, toi ?
Je t'embrasse.

15 h 59

J'ai fait une pause pour ne rien manger. Heureusement, je m'étais acheté un yaourt à l'aéroport. Ce vol est ahurissant. Il n'y a rien mais tout est payant.

T'as pas mangé quoi toi ?
Baisers fragiles et forts à la fois.

16 h 14

16 h 27

Encore trois heures vingt. Tranquille. J'ai même pas encore enlevé mes chaussures. C'est que j'ai hâte de déambuler avec toi dans les rues de La Havane, moi.
Je rêvasse. C'est agréable. J'ai l'impression que c'est moins de chemin qu'il reste à faire que nous n'avons déjà fait quand je regarde la carte. Et c'est encore quatre fois dormir quand je regarde le calendrier. Si l'autre comme l'un nous pensons à l'un comme à l'autre, je me dis facile. C'est rien à côté de tout le temps que nous allons passer ensemble, tout nus tous les deux et tout habillés avec les autres. Nous étions bien à l'anniversaire de Victor, non ?
Faye Dunaway c'est Bonnie de *Bonnie and Clyde* aussi, tu te rappelles ?

Tu as tes chaussures toi ?
Baisers coquins.

16 h 46

Je n'arrive pas à choisir de film dans la boîte à films. Alors je regarde par le hublot.
Tu regardes quoi toi ?
Baisers aériens.

16 h 49

La carte nous dit que nous sommes au large du Groenland, aussi près de lui que la trajectoire puisse nous l'offrir.
Tu es près de quoi toi ?
Je t'aime.

16 h 59

J'ai envie de chocolat.
Tu as envie de quoi toi ?

17 h 11

Je papote avec Lilliam. Rien d'extraordinaire, il faut bien l'avouer. Mais on

rigole un peu. Encore deux heures trente-six. Je te dis, le temps passe tout seul. Je vais remplir le formulaire d'entrée au Canada et je suis sûr que nous serons presque arrivés.
Tu es sûre de quoi toi ?
Baisers ma chérie, tu me manques.

17 h 25

17 h 37

Entre tous ces petits mots, j'ai travaillé un peu quand même.
J'ai mis à plat quelques idées de textes pour mon livre.
J'ai aussi fait les portraits pour la presse. Il faut que je peaufine mais j'ai bien avancé je crois.
J'ai emporté avec moi dans l'avion les bouquins de Manu. J'aime. Il va venir à La Havane ?
Mon père a fait toute une recherche sur son grand-père, un Marseillais. Je t'ai dit ? J'y pense parce que mon voisin regarde

un film avec un long diaporama de vieilles photos noir et blanc. Il y a dans le premier jet du bouquin de mon père des photos de différentes personnes, dont beaucoup de son grand-père. Il y en a une de lui très émouvante, je te la montrerai. Je vais demander à mon père qu'il me l'envoie.
Tu vas lui demander quoi toi ?
Que je t'aime, que je t'aime, que je t'aime.

18 h 02

Je viens de mettre un film. *Brooklyn*. Mon frère m'a dit que c'était pas mal. Tu l'as vu ?
Tu as mis quoi sur toi aujourd'hui ?

18 h 08

J'aime que tu ne cherches jamais à être personne d'autre que toi. J'aime.
C'est bien *Brooklyn*. Mais il est en français alors ce n'est pas super à regarder. Je le regarderai en V.O.

Vais retrouver mon plan séquence sur l'avion, la carte. Lilliam dit que c'est une adaptation d'un spectacle de Mnouchkine. C'est drôle je trouve.
Il offre le goûter. Sans façon.
Tu n'as pas goûté quoi toi ?
Envie de toi. Baisers.

18 h 21

18 h 35

Plus qu'une heure. Ma sœur vient de passer un petit moment avec moi. J'étais allé la voir au début du vol. Elle est entre deux messieurs. Ça me fait plaisir de la voir heureuse d'être en vacances, d'avoir envie de découvrir. Elle profite et a envie de profiter.
Pour une fois, pas de question mais tout autant d'amour. Tout autant.

18 h 57

Un Belge dans l'avion, et il vient me parler de notre amie Nathalie. Tu as des nouvelles toi ? Depuis le temps.
Tu es belge toi ?

19 h 03

J'ai peur ces temps-ci. Je me dis que c'est humain. De quoi ? De te perdre, que l'on s'y perde.
Dis, tu as peur toi ?
Je t'aime, fort.

19 h 07

Mais en même temps, je nous vois solides. Alors je n'ai plus peur. Je me dis que c'est humain.
Dis, tu n'as plus peur non plus toi ?
Je t'aime, fort.

19 h 09

Tout se précipite. Nous arrivons dans quarante-six minutes et je me dis que je n'ai

pas du tout eu le temps de tout te dire. Peut-être d'ailleurs que je n'ai rien dit. Je n'ai rien relu. Je ne vais pas relire. Je vais t'appeler.
Tu vas m'appeler toi ?
Hâte.

19 h 16

Tic-tac tic-tac
Tu regardes l'heure toi ?
Mon amour, je ne vois que toi.

19 h 27

Début de descente ! Les secousses. Jwlsj dhkk du.

19 h 31

Ça va mieux.
Ça va toi ?

19 h 38

Plus que quatorze minutes.
Combien, toi ?

Baisers impatients.
C'est bizarre, j'ai l'impression que tu m'attends à l'aéroport !
Tu es là ?

19 h 47

Cinq minutes.
T'es loin, toi ?

19 h 53

Atterri. Il y a du soleil dehors.
C'est sans doute un peu ridicule. Ne te moque pas. Je ne le relis pas. Tu ne l'as peut-être pas lu toi-même. Je ne t'en voudrais pas. Je t'appelle dès que je peux, sans doute après la douane.
Je t'aime.

J'ai de nouveau tenté de t'appeler plusieurs fois, tu ne réponds pas.
Je réessaie dans cinq minutes. Tu seras joignable ?

J'ai essayé plusieurs fois de te joindre, impossible. Tu ne décroches pas.
Je me pose quinze mille questions…

Je ne comprends pas.

Je ne précise plus les heures, je ne compte plus les jours. Où es-tu ? Que fais-tu ? Qui lis-tu ? Qu'écris-tu ?

Je ne vais pas tarder à m'endormir. À tout de suite. Qui rêvera, rêvera. Plus j'ai de choses à te dire, plus j'ai de choses à t'écrire, moins les mots daignent éclore et s'offrir. Ici tout est noir. Même le jour manque d'espoir. Et puis aussi tout est vide. Même la nuit s'est vêtue de rides.

Je griffonne sur un carnet depuis quelques jours. Des allers sans retours. Des nuits sans voir le jour. Je griffonne, des banalités, des détours.

Je n'ose plus toucher mon téléphone. Je le regarde à peine. Et je bondis sur lui à la moindre sonnerie. Même quand c'est celle du micro-ondes. Mon téléphone. Ton téléphone. Combien de fois ai-je eu envie de plonger mes yeux dans ton téléphone ? Combien de fois. Je ne l'ai fait qu'une fois. Mauvaise pioche. Rien de grave après tout. Mais mauvaise action au mauvais moment. Petit moment mais tout de même, petite action. On ne peut rien en faire des informations que l'on vole dans le téléphone de l'autre. Rien. Ou tout. Ne rien en faire ou tout casser. Ne rien casser pour pouvoir tout faire. Tout un savoir-faire que de ne rien casser.

Je m'ennuie.

Je suis entouré de neige, envahi par la nuit. Je suis entouré de neige, envahi de tristesse. Je t'envoie ce mail. Tu ne réponds à aucun SMS. Tu ne réponds à aucun de mes appels. Tout va bien ? Peut-être as-tu donné un peu de liberté à ton téléphone ? Peut-être s'est-il endormi ? Ou peut-être que c'est toi qui t'es endormie ?

Est-ce à toi que tu donnes un peu de liberté ? Je vais me coucher.
Tu dors, toi ?
Je t'embrasse, fort.

Envoyé de mon iPad.

Ma Camille,

La neige fond. Et plus la neige fond, plus je suis submergé par ce sentiment de solitude.

Sur les toits, le blanc laisse petit à petit la place au gris. Les toits s'autorisaient des formes anarchiques, différentes les unes des autres. Ils reprennent lentement leurs formes géométriques, toutes similaires. Le paysage. Je slalome des yeux, évitant d'un léger mouvement de pupilles chaque sapin que ma glisse rencontre. Pistes noires uniquement. Les yeux voient grand, les yeux vont et n'ont pas peur souvent.

La montagne m'est étrangère, tu le sais. Elle m'angoisse l'hiver et me chahute

l'été. Elle autorise toutefois le port des lunettes de soleil toute l'année. J'aime. Et à part certains aspects, je l'aime. Mais elle me chahute l'hiver et m'angoisse l'été. Ou l'inverse.
Le trajet fut long. Le taxi, le train, le deuxième train, le troisième train, le deuxième taxi. Et la neige qui fond.

Les skieurs profitent des derniers flocons. Ils passent sous ma fenêtre. Silencieux. Anonymes.
Il y a quoi sous ta fenêtre à toi ?
Baisers.

Envoyé de mon iPad.

Ma Camille,

Je n'ai pas pu résister. À mon départ de la maison, j'ai tourné en rond dans Paris. Au hasard. Pour me souvenir de nous. Nous voir. Nous revoir. Nous avons si souvent flâné. Mangé au coin de la rue en rêvant que nous étions au bout du monde. Me voilà au bout du monde. Je

rêve d'être au coin de la rue. Je vais prendre l'air.
Tu vas où toi ?

Envoyé de mon iPad.

Ma Camille,

Envoyé de mon iPad.

Ma Camille,

Les skieurs sont à nouveau au rendez-vous. Silencieux. Anonymes. Je ne sais plus vraiment ce que je suis venu être ici. Je souhaitais le calme. C'est la tempête dans mon être. Je vois trouble. Je bégaie, je me répète. Aujourd'hui, des skieurs, je ne vois que les silhouettes. Rouges. Noires. Dépareillées. Des petits êtres qui glissent. Je les envie. Tout accroche ici. Rien ne glisse. J'aimerais voir la mer.
Tu aimerais voir quoi toi ?

Envoyé de mon iPad.

Ma Camille,

Aujourd'hui c'est mardi gras et je rentre chez moi. J'ai tenté l'évasion, la fuite, l'immersion. Rien n'y fait, je préfère la prison. Tu me reconnaîtras à la gare, je serai tout de rayé vêtu. Tu es comment toi ?

Envoyé de mon iPad.

Ma Camille,

Tu aurais au moins pu me dire au revoir.

10

Le cabinet

Jean déménageait encore une fois. Jean changeait de travail également. Il s'octroyait un retour aux sources.

Jean était professeur de langues. Allemand. Puis Jean était devenu principal de collège. Puis Jean était devenu proviseur de lycée. Puis Jean était devenu directeur de cabinet du recteur de l'académie de Créteil. Et Jean redevenait proviseur.

Le jour de son départ du rectorat, Jean est parti avec un carton, quelques dossiers glissés dedans. Un petit goût d'on ne sait jamais, de pourquoi pas dans l'air du départ avait poussé Jean à assurer ses arrières.

Rien de grave n'avait été commis durant
son séjour au rectorat
mais la nature humaine
a son lot d'au cas où,
de quand même.

Jean ne se retrouvait pas dans cette démarche mais cette démarche s'était retrouvée en lui.
C'est donc un carton intitulé « cabinet » calé sous le bras que Jean sortit une dernière fois de l'enceinte du rectorat.

Arrivé à la maison, le carton prit place dans le bureau. D'autres cartons, intitulés « bureau », n'allaient pas tarder à le rejoindre. Jean avait été muté en Indre-et-Loire. Il restait donc au nord de la Loire. Les cartons furent emballés avant le départ en vacances. Le déménagement était prévu pour la deuxième semaine de septembre. Le nouvel appartement, de fonction, ne serait pas prêt avant. Il y a presque comme une coutume dans l'Éducation nationale. L'homme investit *de facto* ses fonctions avant d'investir l'appartement de fonction.

L'été fut doux. La rentrée allait être à la fois déjà vue et mystérieuse.

L'été fut doux : été sans heurt majeur. Le journal est local, le bistrot du village et la sieste obligatoire. Le cadre que les Pyrénées proposaient à Jean était à son goût. L'été fut donc doux.

La rentrée déjà vue : dans le cadre de Jean, l'ordinateur et votre prédécesseur ont concocté pour vous l'emploi du temps de l'année scolaire à venir. Des problèmes vont être au rendez-vous, pas d'impatience. Forme : bonne.

Dans un cadre plus large, l'ordinateur peut tout à fait avoir concocté pour vous un prédécesseur sans avenir mais dont l'impatience est un problème. Cœur : rendez-vous !

La rentrée est mystérieuse : dans le cadre de Jean, votre prédécesseur n'a pas d'ordinateur et l'année à venir n'a pas d'emploi du temps !

Le déménagement était donc programmé pour la deuxième semaine de septembre.

Jean est organisé. Sur chaque carton, Jean note, à l'extérieur, ce qui il y a à l'intérieur. Ou tout du moins, Jean note à l'extérieur du carton dans quelle pièce intérieure il trouvera sa place, provisoire. Jean vide ses cartons.

Vivre au milieu des cartons, Jean l'a beaucoup connu avec sa mère. Les cartons étaient nus de toute inscription, libres de toute destination. Jean a tendance à garder et à regarder les choses.

Jean a retrouvé le carton du rectorat aux toilettes, aux « cabinets ». Les déménageurs l'avaient consciencieusement, et sans le savoir, déposé à sa place.

11

Pascal

Un pas, deux mètres. Il ne m'a pas fallu plus de dix-sept secondes. Entrer en trombe, ressortir idem.

— Pascal ?

— Oui

— Je pars. Définitivement. Bonne route…

— Mais ?

Un jour de pluie, un jour d'orage. Un jour de plus, un jour nuages. Un jour sans plus, un jour en cage. Un jour de trop, un jour gommage. Un jour enfin, un jour voyage. Une nuit de pluie, une nuit d'orage. Une nuit de plus, une nuit nuages. Une nuit sans plus, une nuit en cage. Une nuit de trop, une nuit gommage. Une nuit enfin, une nuit voyage.

Comment lui dire au revoir ? J'ai connu Pascal au collège. Rien de très original. Je quitte Pascal à trente-quatre ans. Long long long. Peur peur peur. Non non non.

Je l'aimais tant, je ne l'aime plus. Je le connaissais tant, je ne le connais plus. Je ne reviendrai pas, je ne le verrai plus. Je souhaitais un enfant de lui, je ne veux plus de lui.

Un pas, deux mètres. J'ai fait irruption dans la salle de bains. Nous avions choisi de l'ardoise pour le sol, de l'ardoise pour les murs et de l'ardoise pour le plafond. Tout était gris.

— Je tenais à te dire deux mots. Au revoir.

12

À un certain moment

Béatrice et Victor s'installaient toujours au même endroit. Le jardin d'hiver donnait sur l'ancienne petite ceinture. Il y a cent ans, en lieu et place de ce jardin, il n'y avait rien. Et la petite ceinture délimitait de ses rails le tout et le rien. Le Tout-Paris et le rien d'intéressant. Enfin, des champs.

Béatrice habite la maison rue de Charonne depuis maintenant sept ans. Sans Victor aujourd'hui. Victor est parti il y a deux ans. Vivre ailleurs. Pas très loin. Mais ailleurs. Béatrice a continué de s'installer dans le jardin à la même place. Elle a hésité à rompre ce petit rituel. Maintenant, il lui appartient, aux filles et à elle.

Sacha et Éléonore ont dix et quatre ans, les deux tiers de leur temps chez leur mère, le reste du temps chez leur père. Le rythme s'est installé avec le temps, l'équilibre avec l'intelligence.

Le samedi soir on traîne un peu. (Depuis quand d'ailleurs nous traînons le samedi soir ?) Le samedi, donc, les dents se voient brossées un peu plus tard que les autres jours, moins longtemps que les autres jours. Du jardin d'hiver, au moment où ses filles se regardent dans la glace de la salle de bains, Béatrice les voit par la fenêtre en forme de hublot. C'est une belle idée cette ouverture sans coins. Une certaine douceur s'installe alors dans la perception du regard.

Déménager souvent ennuie. Mais emménager souvent séduit. Au revoir. Bonjour.

Chez Béatrice et Victor, quatre ans dans le même environnement sonnait la cloche du dernier tour. Un départ imminent. Les moyens du moment ayant pris l'ascendant sur les moyens du bord, ils se décidèrent. C'était il y a sept ans.

Bouger.

La nouvelle maison s'étalait sur trois étages. Béatrice et Victor avaient repensé l'espace intégralement. L'ouvrir. Pour respirer, inspirer, expirer. Peu de portes et beaucoup de voilages. Cela permettait à cet espace d'exister librement, ouvertement, sans oublier intimement. Béatrice et Victor étaient à l'origine du bouleversement. Lucas en était l'architecte. La vision concrète. Simple, sobre, solide.

Lucas était un ami d'un ami de Victor. Par transitivité, c'était un ami de Victor. Cette transitivité s'avéra juste tout de suite. Le courant s'installa entre les deux hommes. L'écoute. La confiance. L'amitié. Poum poum poum, dirait Sacha.

Dans cette nouvelle maison, Lucas était le papa des poutres poncées mais pas teintées, des jolies barrières coulissantes en acier oxydé, de l'ardoise dans la cuisine,

cuisine devenue « américaine ». Mais aussi de l'escalier en colimaçon (en acier oxydé également), de l'ouverture du jardin d'hiver sur le salon… et de cet œil, liaison directe entre le jardin d'hiver et un tout petit bout de la salle de bains des enfants. Les premières fois que Béatrice et Victor ont découvert cette ligne de fuite, Sacha avait trois ans. On ne voyait pas le haut de son crâne. Il fallait lui faire confiance quant à la qualité du brossage. Les années passant, Sacha a commencé à pointer le bout de son nez. Éléonore allait petit à petit pointer le haut de son crâne.

Quel doux privilège, quel heureux espoir de voir ses enfants grandir. Les vêtements font leur temps, les mots prennent du sens, les temps changent et de jolis minois apparaissent dans l'encadrement du hublot. À un certain moment, la photo est parfaite.

Avant, la photo se fait désirer. Après, la photo laisse à désirer.

Victor et Béatrice avaient quinze ans de vie commune. Pourquoi céder ? Comment s'aider ? Dans le film *Margin Call*, un personnage s'interroge sur le rapport de l'être humain au vide. Tout au bord du vide, je ne crois pas que nous ayons peur de tomber. Nous avons bien plus peur de sauter. Se dire au revoir à soi-même, soi-même.

Le vide et le plein. Le plein d'envie. Le vide en dedans et le si saint « devoir » tout le temps. Le tout petit abri et le grand désespoir. Il y a aussi le peu s'émouvoir. Le tant s'en vouloir et le rien maintenant.

La photo commençait à être équilibrée. Sacha restait dans le cadre. Éléonore commençait à trouver sa place. Béatrice était très exigeante quant au brossage des dents. Le week-end, parfois, c'était matin, midi et soir. C'était trop. Mais c'était comme cela. Un petit peu beaucoup mais maman ne transigeait pas.

Les photographes commençaient eux à être déséquilibrés. À l'étroit dans cette grande maison ouverte. Perdus dans cet espace qui donnait l'impression de se recroqueviller sur eux. Les photographes étaient en plein paradoxe. En pleine réalité. En crise. Victor s'éloignait. Béatrice soulignait. Béatrice s'éloignait. Victor raturait. Le couple soupirait. Toussotait.

Dans le meilleur des cas. L'homme propose à l'homme de s'élever. Ose. Pose. Dépose. Il faut alors s'accrocher.

Au départ de Victor, Béatrice a écrit ce texte :

« Il en faudra du courage pour percevoir comment. Il en faudra des moments pour savoir tourner la page. Tes filles n'ont pas l'âge de ce brusque mouvement. Et moi je n'ai pas l'âge de ce revirement. Personne, jamais, n'aura l'âge d'un tel arrachement. Nous n'aurons jamais assez de pages pour ce détournement. Je t'aimerai toujours, toi, mon homme, ce père élégant. À la fois je t'envie et t'en veux maintenant. Je ne t'oublierai pas, je t'aimais tant, mon amour, mon ami, mon amant. Je te laisse et, en guise d'au revoir, me permets une redite, ce simple bégaiement : je t'aimais tant, mon amour, mon ami, mon amant. »

Peut-être un peu… trop… sans doute, pas assez, ou peut-être… pas assez, sans doute un peu trop… Comment être comment ? Ce jour-là, Sacha et Éléonore se brossèrent les dents. Béatrice vit la photo parfaite, vit le cliché gagnant. Béatrice vit la vie reprendre les devants.

Un au revoir et un bonjour levant.

13

La rupture

Elle m'a offert une photo. Noir et blanc. Simple. Moyen format, soixante par cinquante. Très attachante. Les personnages ne se regardent pas. Un fil les relie. L'un nous tourne le dos. L'autre est de profil. L'autre regarde l'un. Mais l'un ne regarde pas l'autre. Est-ce que l'autre a aimé l'un ? L'un a aimé l'autre ? Est-ce que l'un aime l'autre ? L'autre n'aime plus l'un ? L'un dessine le fil de sa main, l'autre lui marche dessus. Est-ce que le fil que l'un tient fuit l'autre ou bien revient ? Est-il rompu ou bien serein ?

Nous n'avions pas passé la nuit ensemble. Nous n'avions pas passé la journée précédente ensemble. C'était la première fois que cela nous arrivait. J'ai un grand amour pour les premières fois.

Je ne savais pas quoi faire de ce grand cadre et de ce fil rompu. Là, au milieu du restaurant. Nous avions rendez-vous à 13 heures. Il était 13 h 08. Apparemment elle non plus ne savait pas vraiment quoi faire de ce grand cadre et de ce fil rompu. Elle me l'avait tendu dès son arrivée. Le poser par terre n'aurait pas eu de sens. Sur la table, pas sorcier mais pas très élégant. Je déteste ce mot. Je l'ai tant aimé, trouvé si élégant. Il a perdu tout son sens. Comme brillant. Il est devenu convenu, mat, décevant. Un échec brillant.

Manger bistronomie dit souvent manger proximité. Bon mais serré. Nous avions épousé la cuisine de la rue en même temps que nous avions divorcé de la rue. Traîner ne nous convenait plus. Des bars, des allées, nous étions revenus. Gourmets nous étions devenus. Ce soir-là, l'élu de notre cœur était cambodgien.

Le Cambodge. Jamais mis les pieds. Ni même un œil. La carte était courte, définie, précieuse. Encore un mot pour élève brillant, élégant. Le service était double chaque soir. Le temps à table était donc compté. Comme l'espace, cerné. Le cadre ne tenait pas. La place manquait. Nous ne tenions pas en place. Le cadre manquait. J'ai, de manière totalement imprévue, commencé à réfléchir à la place que la photo pourrait prendre à la maison. Quel mur ? Quel point de vue ? Quelle perspective ? Quelle idée ?

J'ai fini par commander l'ensemble de la carte. Cela me semblait accessible. Nécessaire. Tout goûter. Engloutir. Et finir, affamé. Se nourrir. Avaler. J'avais envie de manger la photo, relier le fil et développer la carte.

La musique de fond n'avait aucun intérêt. Nous l'ignorions. Elle nous ignorait tout autant. Je ne saurais la décrire. Peut-être un peu trop présente. Pas assez lointaine. Un peu trop bruyante. Pas assez sereine.

La photo n'avait pas sa place dans ce restaurant. Mal proportionnée. Mal éclairée. Mal sonorisée. Un film à l'arrêt doté d'une bande originale atrophiée. J'aurais aimé que la photo prenne vie. S'anime. Et que la musique s'éclipse, s'efface. Inverser les rôles. Redistribuer l'espace.

À la maison, nous avions quelques murs accrochés aux photos. Des couleurs. Des noirs. Des blancs. Des petits. Des moyens. Des grands. Les photos tenaient la maison. Les murs la décoraient. Au début, planter des clous dans les photos avait été délicat. Difficile. Pas très naturel. Puis l'on s'habitue. D'abord on se surprend à casser le verre. On le ramasse. Puis on s'en fout. On ramasse moins. On ne trie plus. On mélange tout. Puis on ne ramasse plus. On met sous le tapis. Puis on ne camoufle même plus. On marche tout autour. Puis on marche dessus. Les bouts de verre se déplacent avec vous. Jusqu'au restaurant. Ils ne vous quittent plus.

L'avantage du double service, quand l'atmosphère est tendue, c'est le deuxième service. Il vous pousse délicatement, mais à l'heure, vers la sortie. Nous nous sommes exécutés. Il ne pleuvait pas. Mais nous avons tout de même sorti nos parapluies. Deux pour deux. Nous avons marché. Sous un orage sans pluie. Dans une nuit sans courage. Le temps d'une seconde sans elle, d'une minute sans lui. D'une demi-heure sans elle, d'un kilomètre sans lui. D'une ville qui l'appelle, d'une ville qui la fuit. Il n'avait rien contre elle, elle n'avait rien contre lui. Il n'était plus contre elle, elle n'était plus contre lui.

Elle m'a offert une photo de Gilbert Garcin. *La Rupture, 2009.* Un fil, deux personnages. Je ne connaissais pas. Elle me plaît beaucoup. Des deux personnages, je ne vois que les silhouettes. Des deux silhouettes, je ne vois que les personnages. Ils sont devenus mes vedettes. J'ai accroché la photo au mur de chez moi. J'ai fait un trou sans hésitation. Je ne sais pas si les murs ont des oreilles, mais je suis intimement convaincu qu'ils ont des yeux. Des noirs. Des blancs. Des bleus. Des verts. Des marron. Des anxieux. Des pleins de larmes. Des heureux. Des bruyants. Des silencieux. Des qui voient loin. Des qui ne voient qu'eux. Des souriants. Des malheureux. Des qui ne voient rien. Des qui dévorent tout. Des dessinés. Des solitaires. Des entourés.

14

Cuvée 2019

La pluie. La pluie n'a de cesse de pleurer depuis quelques semaines. À cette époque de l'année, elle est habituellement en vacances.

Richard s'inquiète.

Si le ciel ne daigne pas s'éclairer, la terre risque fort de capituler. La vigne est subtile. Le raisin fragile. La saison courte. La fenêtre étroite. Il en faut beaucoup pour que la récolte vous sourie. Peu pour qu'elle vous abandonne.

Sentir les vendanges s'éloigner. S'obscurcir. Ce sentiment n'était pas étranger à Richard. Nous, vous ou moi, tremblons régulièrement pour notre pécule. Nous tremblons si souvent. Est-ce bien raisonnable ? En sommes-nous ridicules ? « L'Occident a-t-il encore les moyens de ses émotions ? » Richard avait relevé cette petite phrase dans le journal daté de la veille. Mais qui a encore les moyens de ses émotions ? Qui ?

Richard s'accrochait à sa vigne. Richard tenait sa ligne de conduite. Il rendait visite à sa vigne quotidiennement. Manuellement.

La pluie. Elle continue de pleurer.

Les mois de novembre et décembre représentent pour le vignoble le début de la sieste. L'hibernation. Ne me demande rien, je ne saurais te répondre. Puis viennent les mois de janvier, février, mars qui laissent la vigne au grand repos. Elle dort. Profondément cette fois. « Ne la réveillez pas, pas avant… » que ne cesse le froid. Dans les veines de chaque cep, la sève est aussi en sommeil. L'activité est alors à la fois à la surface et sous la terre. Il y a alors le visible et l'invisible. Richard parle de méditation.

Cuvée 2019

La pluie. Le vent. La tempête est annoncée. Richard reste suspendu à la radio. Un sentiment d'impuissance va commencer à l'envahir. Il le sait. Il le connaît. Ce qu'il ne soupçonne pas encore, c'est son étendue, sans limites. La pluie redouble d'intensité dehors. Et si dehors tout devait disparaître ? Et si le vide remplissait tout son dedans, tout son être ?

Richard pense à son banquier. Le banquier. Son banquier.

La pluie. Elle ne cesse de couler sur les joues de Richard. Dire au revoir, impuissant. Dire au revoir, comme avant le cinéma parlant. Avec les yeux, avec des gestes mais la parole sans. Dire au revoir dans le noir et le vent, presque comme le cinéma d'antan. Dire au revoir à la bougie, dans la lueur d'un crépitement. Sans la chaleur et dans la nuit, impuissant.

Pas de cuvée 2019.

15

Dire au revoir au passé

Denis ne parle qu'au présent.

Chaque seconde écoulée est une seconde qui en lui continue de ruisseler. Aucune disparition. Aucune envolée. Tout se déroule à l'instant présent. Au moment même. Au même moment.

Denis ne veut pas le savoir.

Le matin, il conjugue ses phrases comme le soir. Le temps glisse sur son humeur, son élan, son espoir. Sur son enfance, son adolescence, sa jeunesse. Ses absences, ses rencontres, ses faiblesses. Son avenir, sa présence, sa vieillesse. Sur comment se tenir, sur quand s'en aller. Sur quand revenir, comment s'éloigner. Sur comment réagir, comment progresser. Sur savoir ne rien dire, savoir tout céder. Rien ne date d'hier ou d'avant. Tout se conjugue au présent.

Denis est architecte. Il aime les ponts. Les relais. « Les hommes construisent trop de murs et pas assez de ponts », disait Isaac Newton. Denis aime le pont du 25-Avril à Lisbonne. Il aime Lisbonne. Ses couleurs, ses mosaïques. Sa douceur, ses reliques. Le 25 avril, jour de la Révolution des Œillets. C'était en 1974. Denis avait cinq ans. Le Golden Gate, qui relie la ville de San Francisco à la ville de Sausalito et qui a inspiré le pont du 25-Avril, en avait lui trente-sept, des années. Il les aime ces deux ponts.

Ces temps-ci, le petit bonheur de Denis est de construire une passerelle. Un lien. Pour un collège, pour ses collégiens. Un petit pont, un espace aérien. La passerelle permet d'entrer dans le collège. On entre dans le collège comme on monte sur un bateau. Mais le collège est entouré de vert, il n'est pas entouré d'eau. Il est au cœur d'une forêt, pour y entrer on passe juste au-dessus du ruisseau.

J'arrive, je m'assois, je regarde. J'attends.
Tu arrives, tu t'assois, tu ressors. J'attends.
Il se lève, elle s'assoit. Il s'endort. J'attends.
Elle se lève, il s'assoit. Elle s'endort. J'attends.
Nous savons. Nous marchons. Nous d'abord. J'attends.
Vous voyez. Vous venez. Vous d'abord. J'attends.
Ils arrivent, ils s'assoient, ils commandent. J'attends.

Denis termine l'ensemble de ses phrases de la même manière : « J'attends. » Quoi ? Cette ponctuation lui est personnelle. Elle ne date pas d'hier. Elle date d'aujourd'hui. Denis ne parle qu'au présent. Ce n'est pas négociable, c'est son mouvement. Il parle en marchant. C'est plus confortable, c'est plus entraînant. Et Denis attend.

Denis est né un vendredi 13. Il ne l'a jamais interprété comme un signe. Disons quand même qu'à chaque fois que la Française des jeux vous propose d'être millionnaire un vendredi 13, Denis joue. Il joue le 13. Il coche également sur les grilles des multiples de 7. Aucun gain au compteur. Pas non plus de pertes démesurées. Cet équilibre lui propose de continuer à jouer. *Je joue. Je perds. Je joue. Je perds.* Le 13 et le 7 sont les deux numéros que Denis a portés sur le dos durant sa jeune carrière de footballeur.

Denis est né à huit mois. Impatient. Sa mère, contente. Son père, absent. À deux ans, Denis est un enfant turbulent. Sa mère le confie à sa mère. C'est son grand-père qui l'élève. Il lui passe tout. C'est un roi. Sa mère, contente. Son père, absent. À trois ans, Denis en paraît six. Denis est grand. Il est coiffé comme Mireille Mathieu. La coupe au bol. Il ne revient pourtant pas d'une tournée triomphale au Japon. Denis ne sait pas encore où est le Japon. Denis, aujourd'hui, donnerait tout pour un déjeuner japonais. Il irait même jusqu'à se coiffer comme Mireille Mathieu.

Denis a cinq ans, huit ans, douze ans, seize ans, vingt-trois ans, vingt-six ans, trente et un ans. Il ne parle qu'au présent. Ce n'est pas négociable, c'est son mouvement. Il parle en marchant. C'est plus confortable, c'est plus entraînant.

Denis ne veut pas savoir. Il attend. Denis ne veut pas savoir ce qui l'attend.

Je l'attends. On m'appelle. On me parle d'un accident. Je comprends à peine. Je raccroche. On me rappelle. On me demande si j'entends bien, si je suis bien présent. Je dis oui. Je dis non. Je réfléchis. Je parle sans ponctuation. Je raccroche. Je rappelle. On me demande si j'entends. On me demande si je viens. Tout de suite. Maintenant. On me demande si je comprends. Je ne réponds rien, juste que je l'attends. On me dit, mais ce que je te dis, tu l'entends ? Il ne peut pas venir, il n'est plus vivant. On me reparle de l'accident. Je réplique que le temps passe, que je n'ai pas le temps. Il arrive. Forcément. Incessamment. Très bientôt. Dans le moment même. Sans délai. Sous peu. Je l'attends.

Comme sa petite passerelle, Denis vit en suspension. À la marge du concret, au-dessus des questions. À la marge du vrai, dans une autre dimension. Il ne parle qu'au présent. Il fait abstraction du passé. En permanence. Pour toujours, à jamais. Sans détours, sans filet. Chaque seconde écoulée est une seconde qui en lui continue de ruisseler. Aucune disparition. Aucune envolée. Tout se déroule à l'instant présent. Au moment même. Au même moment.

16

Goodbye Ruby Tuesday

« It's only rock'n'roll and I like it. »

Les Rolling Stones. Ce groupe a dû faire un nombre impressionnant de kilomètres, coincé dans de toutes petites enceintes de voiture. Combien d'heures à s'époumoner ? Combien de cordes grattées et de tambours si élégamment effleurés ?

Le soleil était éblouissant. L'air était vif. L'océan battait son plein. C'était une journée claire et forte.

« Things are different today, I ear everybody say… »

Renaud conduisait sans relâche depuis des heures. Il fredonnait sans discontinuité par-dessus la voix de Mick Jagger depuis toujours.

Il avait, en ligne de mire, la petite maison au bord de la côte sauvage. Il l'avait louée pour la semaine. Chaque année, Renaud s'échappait une semaine. Toujours au même endroit. Une semaine de quiétude contre le reste de l'année passée aux quatre coins du globe. Renaud est pilote de ligne. Long-courrier.

Renaud roule en Saab 93. Impossible d'acquérir une 900. Trop vieille. « À la première pièce qui lâche, c'est la casse ou le fond du jardin », lui avait soutenu le concessionnaire. Vrai ? Faux ? 93, quoi qu'il en soit. Même sur la route, Renaud pilote un avion. Saab avait vu le jour en 1937. « La société Svenska Aeroplan Aktiebolaget était née de la volonté du gouvernement social-démocrate de l'époque de doter la Suède d'une industrie aéronautique capable, en cette période troublée, de défendre la neutralité du pays. » Voilà ce que Renaud avait appris sur Wikipédia. La première voiture Saab fut présentée à la presse en juin 1949. Mick Jagger et Keith Richards avaient six ans, Charlie Watts huit.

« It is the evening of the day
I sit and watch the children play. »

Il allait pouvoir se reposer. Enfin. Sa seule compagnie allait être le silence et la solitude. Il attendait ce moment depuis des mois. La route qui bordait la côte sauvage était déserte. On pouvait y voir les pins se balancer autour des virages. Le jour était levé depuis quelques heures mais peu d'âmes vivaient encore au grand jour. Son retour, dans huit jours, Renaud le savait déjà, s'effectuerait dans le bruit. Ce serait le jour de son anniversaire. Quarante-huit ans. Un peu nulle part sur la promenade de l'âge. Un peu partout aussi. Il y a quand les autres fêtent votre anniversaire et vous oui. Il y a quand les autres fêtent votre anniversaire et vous non. Il y a aussi quand les autres ne fêtent pas votre

anniversaire et vous oui. Et vous non. Oui mais non.
Mais Renaud goûtait au repos qui l'attendait. Gourmand. Impatient.

Renaud pensait à l'exposition sur les Rolling Stones. Il l'avait vue quelques mois plus tôt à New York. Il était parti marcher dans la ville. Un délice. L'exposition comme la marche. Chères aussi. La marche comme l'exposition. La marche, d'abord, car dans cette ville, on a envie de tout acheter. L'exposition ensuite (tickets à quarante dollars) mais complète.

Elle commençait par une reconstitution de l'appartement où Jagger et Richards avaient habité ensemble tout jeunes (une année si Renaud se rappelait bien). Un cendrier.

L'exposition proposait également quelques guitares, les vraies. De Keith Richards bien entendu. Mais également de Ronnie Wood et de Jagger Mick. Avec un petit mot du propriétaire à chaque fois. Une petite histoire. Renaud aimait les petites histoires. Les anecdotes. Les détails. Renaud était de nouveau à NY. Un casque sur les oreilles. *Miss You.*

« *I've been holding out so long*
I've been sleeping all alone
Lord I miss u
Oooh oooh oooh oooh
Oooh oooh oooh oooh »

Au milieu de l'exposition, un casque sur la tête, chaque visiteur pouvait jouer avec la musique du groupe. Jouer ? Sur un iPad, quelques boutons permettaient d'augmenter ou de baisser le volume de chaque instrument. D'augmenter ou de baisser la voix de Mick Jagger également. Un rêve sous casque. Une petite dizaine de chansons était proposée. Renaud avait choisi « *Miss You* ». Il pouvait agir sur la chanson. En modifier son équilibre. Il était à l'intérieur de la chanson. Comme s'il en faisait partie. Mieux, comme si lui, Renaud, dessinait l'architecture de la chanson. Il pouvait entendre uniquement le rythme.

Ou que la voix. Ou que la guitare. Renaud Watts. Renaud Jagger. Renaud Richards.

La moto surgit devant sa voiture. Il reçut un violent choc au moment où il tourna le volant. Un choc accompagné d'un énorme bruit. Il s'arrêta. Tout s'arrêta. Tout était comme suspendu. Chaque mouvement, chaque pensée étaient au ralenti. Il eut l'intuition qu'il ne se relèverait pas. Il crut qu'il allait s'évanouir quand il comprit sans comprendre ce qui s'était passé.

L'homme à la moto gisait sur le sol.

À sa grande surprise et à sa grande détresse, il ne pouvait comprendre que confusément.

La fatigue l'avait-elle empêché d'appréhender ce deux-roues qui se dirigeait vers lui ? La moto allait-elle trop vite ?

La mort venait de frapper à sa porte. L'homme non plus ne se relèverait pas. Qui était-il ?

Goodbye Ruby Tuesday

Il n'aura pas eu le temps de dire au revoir.
Le bruit avait de l'avance.

« Goodbye, Ruby Tuesday
Who could hang a name on you ? »

continuait à chanter Mick Jagger.

17

Ne tirez pas sur l'ambulance

23 h 20. 23 h 40. 23 h 57. 00 h 45. 01 h 45. 02 h 50. 04 h 00. Tard. Soûle. Il était encore le soir, il est déjà le matin. Il était tard, il est déjà demain. Soûle. Rentrer. Maintenant.

Comme trop plein de vide. Trop de verres pleins. Trop de verres vides. Ma dignité me quittait. Lentement. Elle me disait au revoir. J'étais arrivée dans une tenue choisie. Sobre. Noire. Bleu marine. Je repartais sans mon manteau marine. Je repartais. Vert. Rouge. Voyant. Court. Trop grand. Trop court. Bouffant. Moulant. Au secours.

« Le hasard fait bien les choses. » C'est la première et la seule phrase que Loïc avait prononcée à mon adresse. Il avait ensuite renoncé à notre rencontre. J'ai pourtant tardé. Parlé pour ne rien dire. Écouté sans vraiment entendre. Je n'arrivais pas à partir.

J'ai fini par quitter la fête. Je n'arrivais pas à commander de taxi. Je suis sortie dans la rue espérant en trouver un rapidement. Ce ne fut pas le cas. J'ai hélé la première voiture que j'ai croisée. Une ambulance.

Trop de monde à qui dire bonsoir, personne à qui vraiment dire au revoir.

18

L'accoudoir

Le fauteuil n'avait qu'un accoudoir. Le gauche. Il avait perdu son bras droit. Depuis au moins six mois. Six mois, le temps depuis lequel nous lui passions devant. Un peu curieux. Un peu indifférents. Un peu amoureux. En fait attirés, tout simplement.

Le dépôt-vente était immense. Long. Large. Profond. Un hangar. Il y faisait très chaud l'été. Il y faisait très froid l'hiver. L'hiver comme l'été, tout y était laid.

La promenade était belle. Longue de deux heures, elle permettait de dire bonjour à la nature. Ce vert de la nature. Jamais le même. Toujours changeant.

La maison était à nous depuis un an. L'hiver comme l'été, elle était belle. Elle formait un U. Une aile habitée, une aile en passe d'être rénovée et une aile abandonnée. Elle formait un L en fait. Elle aussi n'avait en réalité qu'un accoudoir. Le gauche également.

La promenade partait de la maison, se perdait dans la nature, passait devant le dépôt-vente et revenait à la maison.

Le fauteuil n'avait donc qu'un accoudoir, qu'il nous tendait. Ce fut notre premier achat en euros. Trente euros. Je me demande encore pourquoi. Peut-être parce qu'il ressemblait à la maison. Et notre amour commençait à lui ressembler. Bancal. Comme sur un pied. Banal.

Nous avions acheté notre maison un an plus tôt. Au printemps. En francs. La nature était pâle alors. Mais souriante. L'année, nous l'avions passée à faire des allers-retours dans cette belle région du Perche. Pour être dans notre maison.

Dedans. Au chaud. À l'intérieur. Mais la température intérieure baissait depuis six mois. La température extérieure, elle, augmentait depuis six mois.

Le fauteuil avait pris sa place dans l'aile habitée. Toujours usé. Toujours manchot. Nous avions son bras droit. Mais personne ne prenait le soin de le lui remettre. Tout juste si parfois nous le lui remettions pour le plaisir des yeux. Il tenait quelques secondes et retombait. Il restait alors sur le sol. Un peu. Beaucoup. Parfois longtemps. Puis l'un de nous avait la gentillesse de le reposer sur l'assise. Une assise confortable. Mais usée. Très usée. Le fauteuil avait besoin d'aide. D'amour. D'un spécialiste.

À basse température, les choses se figent. Puis cassent.

Nous avions perdu le contact. L'accroche. L'impact. Nous avions égaré le compact. L'approche. L'exact. Le manque de point d'appui nous écrasait. Ensevelis par le vide et le rien, nous étions devenus liquides, anciens. L'autre n'était pour l'un qu'un soutien sans accoudoir à l'image de ce fauteuil borgne sans espoir.

Nous avons vendu la maison dix-huit mois après son achat. Un jour de décembre. Aux premiers visiteurs. Dès la première visite. Au prix. Et avec les quelques meubles dont nous avions fait l'acquisition. Le fauteuil manchot était sur la liste.

Lors de cette première visite, les futurs propriétaires ont eu un soupir d'aise en entrant dans la maison. Et de soulagement. « Il fait bon ici. » Pardon ? Bon ? Ici ?

Ils disaient bonjour, simplement, quand nous disions au revoir.

19

La maladie

Écrire ne m'était jamais venu à l'esprit. Être malade non plus. Aujourd'hui je suis malade. Et j'écris.

À mon arrivée à l'hôpital, le hall m'a paru immense. Les étages nombreux. Ma chambre toute petite. Mais la chose qui me reste en tête est tout autre. Elle est toute petite, comme ma chambre, mais immense, comme le hall. C'est ma rencontre avec Adrien.

L'étage où nous vivons, mes compagnons de doute et moi, possède un espace commun. Un espace à nous. Un foyer central. Un nid familial.

C'est là que j'ai rencontré Adrien pour la première fois. Adrien avait huit ans. Un 0 et un 8. Ce jour-là était son quarante-huitième jour à lui. Un 4 et un 8. Mon premier jour à moi. Un 0 et un 1. Comme si c'était le jour de ma naissance. J'avais douze ans. Un 1 et un 2.

Adrien a fondu sur moi ce jour-là. Dans sa main gauche, une perfusion montée sur roulette pour l'occasion. Je vais vite comprendre que ces occasions se répètent. Sa main droite tendue vers moi. Décidée. Ferme. Un mouvement entier. Un geste déterminé. À la douceur évidente. À la bienvenue rêvée. Il était venu me serrer la main. Me dire bonjour. Il a dit : « Adrien. » Je n'ai rien répondu. Rien. Il avait en lui toute la force que je n'avais pas. Je suis persuadé que sa main me l'a donnée, cette force. Et que depuis elle ne m'a pas quitté.

Nous avions quatre ans d'écart. Un 0 et un 4. Mais en réalité aucun écart. Tout au plus soixante-dix centimètres. Un 7 et un 0. Peut-être un âge que nous atteindrons un jour ? Mais c'est tellement loin un 7 et un 0. Tellement haut.

À l'extérieur de l'enceinte de l'hôpital, je n'aurais peut-être jamais posé les yeux sur Adrien. Nous n'aurions sans doute jamais eu un regard l'un pour l'autre. Une trop grande différence d'âge. Ici, à l'étage des enfants, nous avons tous le même bras gauche. Ou droit. Encombré. Occupé. Et puis le même autre bras. Gauche ou droit. Celui qui va vers l'autre. Il en est sans doute de même à l'étage des adultes.

Adrien va bien. Je vais mieux. Les jours me font moins peur. Les nuits durent et j'en suis heureux. Le jour de mon arrivée était bien le jour de ma naissance. Les maux de ventre. Ne pas savoir marcher. Ne pas pouvoir parler. En vouloir plus, ne pas en avoir assez. Ne pas savoir que si l'on tombe on peut se casser. Et puis apprendre à exprimer. Apprendre à dire, à marcher. À voir les visages et non plus les formes. À voir les expressions et non plus le flou. Et puis le goût qui pointe le bout de son nez. Les mouvements qui se font plus précis, moins encombrés. J'étais persuadé de ne dire qu'au revoir. Je ne cessais de dire bonjour.

Je m'appelle Nathan. Je suis atteint d'un cancer. J'ai treize ans maintenant. Un 1 et un 3. J'ai toute ma tête mais ma tête a un flou. Un corps étranger qui scintille et qui ronge tout. Qui s'étend. Je suis à l'hôpital depuis neuf mois. Un 0 et un 9. Je suis arrivé à l'âge de douze ans. Un 1 et un 2. Mineur mais malade. Mineur et malade. Il y a comme un fantôme qui rôde en moi. Comme un corps étranger qui fraude. Ticket s'il vous plaît ?

Tous les mots que j'écris je les chante dans ma tête. Ma tête est malade. Alors parfois je me dis que les mélodies guérissent. Il y a toutes les mélodies que l'on écoute, bien sûr. Et puis il y a aussi les mélodies que l'on invente. Tous les mots que j'écris je les chante aujourd'hui.

J'aime quand il y a des petits concerts dans notre nid familial. J'aime découvrir. J'aime essayer de me souvenir. De la mélodie, bien sûr, mais aussi des mots. D'un mot. De la tête des musiciens. Je me demande si un musicien ça tombe malade. Sans doute. Adrien va toujours saluer les musiciens à la fin de la première chanson. Un 0 et un 1. C'est son rituel. Je vois bien qu'il impressionne Adrien. Il fond sur eux comme le jour où il a fondu sur moi.

Je souhaiterais être un personnage de bande dessinée en mouvement. Un personnage de BD tout simplement. Au moindre problème, il devrait être possible de rectifier le trait. De sortir la gomme. Au moindre problème grave bien entendu. La gomme sauverait-elle le môme ? Sauverait-elle le monde ? Et les mélodies, sauveraient-elles le monde ? Sauveraient-elles le môme ? Tous les mots que j'écris je les chante aujourd'hui.

C'est bientôt fini ? À l'étage on me dit que oui. À l'intercom on me dit tout comme.

Dire au revoir

Leonard Cohen chante que dans toutes choses il y a une fissure, c'est par là qu'entre la lumière. Un 0 et un 1. C'est le docteur qui m'a dit cela quand il m'a dit au revoir.

20

Un même jour

Je suis né le jour de la mort de son père. Et mon grand-père est mort le jour de ma naissance.

Une journée singulière pour mon père.

Une journée tout entière à regarder la montagne, à regarder la mer.
Une journée tout entière à porter son enfant et lui-même en bandoulière.
Une journée tout entière à regarder le ciel, à regarder la terre.
Une journée tout entière à sourire à pleurer à regarder le temps qui s'arrête, s'accélère.
Une journée tout entière qui n'en finit plus et passe à la vitesse de la lumière.

Une journée tout entière à tout retourner, à l'endroit, à l'envers.
Une journée tout entière entre la maternité et le cimetière.
Une journée tout entière passée entre l'asphalte et les conifères.
Une journée tout entière secoué en avant en arrière.
Une journée tout entière entre la joie et la colère.
Une journée tout entière où tout vous enchante et où tout vous exaspère.
Une journée tout entière malheureux comme les pierres et léger comme l'air.
Une journée tout entière à regarder au loin, à heurter la barrière.
Une journée tout entière qui à la fois vous emprisonne, à la fois vous libère.
Une journée tout entière où tout est nouveauté et où tout redevient poussière.
Une journée tout entière où l'on voit à la fois ce qui s'éteint, ce qui se réverbère.
Une journée tout entière passée auprès du lit et au bord de la rivière.

UN MÊME JOUR

Une journée tout entière à regarder la montagne, à regarder la mer.
Une journée tout entière à regarder le ciel, à regarder la terre.
Une journée tout entière à sourire à pleurer à regarder le temps qui s'arrête, s'accélère.
Une journée tout entière à dire bonjour à son fils, à dire au revoir à son père.

Remerciements

Merci à Alix Penent pour sa confiance et sa ténacité.
Merci à Tatiana Seniavine, Marie-Françoise Roussel, Jean-Claude Roussel, Stephanie Chevrier, Sorya Lum, Éric Pfifferling.
Un grand merci à Clarisse Fieurgant.

Table des matières

DIRE AU REVOIR

NORD COMPO
multimédia

Composition et mise en pages
Nord Compo à Villeneuve-d'Ascq

Achevé d'imprimer en février 2017
par Normandie Roto Impression s.a.s.
61250 Lonrai
N° d'impression : 1700365
N° d'édition : L.01ELJN000795.N001
Dépôt légal : mars 2017

Imprimé en France